La Bête se penche, mâchoires
ouvertes.
sur le côté
et une lan

Soudain, le monstre attrape Dako
dans sa gueule et le soulève au-dessus
du navire. Dako essaie de se débattre,
en vain. La Bête l'emporte et disparaît
dans le brouillard !

Derrière elle, la jeune fille entend
une vague déferler sur le pont. Elle se
retourne aussitôt : un autre long cou
surmonté d'une tête identique à la première se dresse devant elle.

« Il y a *deux* Bêtes ! » pense-t-elle,
désespérée.

Le monstre ouvre sa gueule pour
s'emparer d'Odora : elle l'évite de justesse et court vers le coffre. Elle en sort
une épée : la Bête recule devant l'arme.

Cinq autres têtes surgissent de la brume et encerclent le navire. La jeune fille essaie de les frapper, mais les monstres sont trop nombreux !

LE SERPENT MARIN

Adam Blade

Adapté de l'anglais
par Blandine Longre

LE SERPENT MARIN

hachette
JEUNESSE

TOM

Au royaume d'Avantia, Tom est un héros : il a déjà rempli deux missions que lui avaient confiées le sorcier Aduro et le roi Hugo. Il a même vaincu les Bêtes maléfiques de Malvel. Il ne se décourage jamais face au danger ! Avec l'aide de son amie Elena, il a retrouvé l'armure magique d'Avantia : il possède désormais des pouvoirs pour remporter d'autres combats, et sauver le royaume !

ELENA

Elena, une jeune orpheline, est devenue la meilleure amie de Tom. Elle le suit dans toutes ses aventures et l'aide à surmonter de nombreux obstacles. Elle a souvent de bonnes idées, surtout lorsqu'ils sont en danger. Aussi courageuse que Tom, elle se montre vraiment douée au tir à l'arc, ce qui est parfois très utile ! Elle ne se sépare jamais de son fidèle compagnon, Silver, un loup qu'elle adore.

ADURO

Aduro, le bon sorcier à la longue barbe blanche, vit au palais du roi Hugo, à Avantia. Il compte beaucoup sur Tom et Elena pour sauver le royaume, car il sait qu'ils sont très courageux. Gentil, généreux et sage, il se sert de ses pouvoirs magiques pour guider Tom dans ses missions, et il lui donne souvent d'excellents conseils pour affronter son ennemi juré, Malvel.

MALVEL

Malvel est un puissant sorcier qui règne sur le royaume des Ombres, Gorgonia. Il terrifie les habitants de son royaume. Son seul but est de détruire Avantia, en se servant de Bêtes maléfiques qu'il a créées et qui lui obéissent aveuglément. Il se moque souvent de Tom pour essayer de le décourager... et quand le garçon se montre plus fort que lui, il devient fou de rage !

Bonjour. Je suis Kerlo,
le gardien des Portes qui séparent
Avantia et Gorgonia. Malvel,
le sorcier maléfique, règne sur
le royaume des Ombres, où le ciel
est toujours rouge et l'eau noire.

C'est ici que Tom et Elena doivent
poursuivre leur quête...

Six Bêtes vivent à Gorgonia : Torgor
l'homme-taureau, Skor le cheval ailé,
Narga le serpent marin, Kaymon le
chien des Ténèbres, Tusk le Seigneur des éléphants
et Sting l'homme-scorpion. Elles sont toutes plus
terribles les unes que les autres. Tom et Elena ne se
doutent pas de ce qui les attend... Même s'ils ont
rempli leurs précédentes missions, ça ne signifie pas
qu'ils réussiront celle-ci. S'ils ne sont pas assez braves
et déterminés, ils échoueront !

Si tu oses suivre une nouvelle fois les aventures
de Tom, je te conseille d'être aussi courageux que lui...

Fais très attention à toi...

Kerlo

Tom et son amie Elena ont déjà réussi à vaincre deux des six Bêtes maléfiques de Gorgonia : le terrible Torgor, l'homme-taureau, et Skor, un immense cheval ailé. Grâce à eux, Tagus, l'homme-cheval, et Epos, l'oiseau-flamme, ont pu rentrer à Avantia.

Mais les deux compagnons doivent poursuivre leur route à travers le royaume des Ombres car c'est au tour de Sepron, le serpent de mer, d'être prisonnier de Malvel. Tom et Elena vont-ils parvenir à le libérer et à réussir cette nouvelle mission ?

TOUT COMMENCE...

Debout à l'avant du navire, Odora scrute l'Océan Noir de Gorgonia. Avec son frère, Dako, elle longe la côte, mais un épais brouillard les empêche de voir la terre ferme.

Il n'y a aucun signe de la présence des soldats de Malvel. Pourtant, Odora sait qu'ils sont peut-être tout près.

Elle regarde l'énorme coffre posé à côté d'elle : il est rempli d'armes qui vont aider les rebelles de Gorgonia à combattre le sorcier maléfique.

Tout à coup, le navire se met à tanguer. La jeune fille trébuche mais réussit à se rattraper à un cordage. Le cœur battant, elle se précipite à l'arrière du bateau, où se trouve Dako.

— Qu'est-ce qui se passe ? lui demande-t-elle.

— Je ne sais pas, c'est bizarre... chuchote-t-il.

Le garçon regarde dans l'eau.

— Tu vois quelque chose ? l'interroge sa sœur.

Dako n'a pas le temps de répondre : une immense vague s'abat sur le pont du navire ! Au même moment, Dako et Odora, terrifiés, voient un long cou et une tête de serpent se dresser au-dessus d'eux !

À force de se battre, Odora est épuisée et elle glisse sur le plancher mouillé. Alors qu'elle tente de se relever, le navire est soulevé de l'eau et les armes des rebelles tombent dans la mer...

Tandis que les six têtes enroulent leurs cous autour du bateau, Odora s'aperçoit, horrifiée, qu'elles appartiennent toutes au même corps !

— Non ! hurle-t-elle.

La jeune fille est projetée dans les airs. « Je vais mourir, pense-elle juste avant d'être engloutie. Et sans ces armes, les rebelles ne pourront jamais combattre Malvel... »

Chapitre un

Le piège de Malvel

Tom court sur quelques mètres et bondit dans les airs.

Mais en atterrissant, une douleur lui traverse la jambe. Une pierre pointue qui sort du sol lui a écorché le mollet.

— Qu'est-ce qui t'arrive ? demande Elena, inquiète.

—Je me suis fait mal, explique son ami. Il faut que je me soigne.

Le garçon prend son bouclier, dans lequel est incrustée la griffe que lui a donnée Epos, l'oiseau-flamme. Il la prend et la passe sur sa blessure : en un instant, le sang s'arrête de couler et la coupure se referme !

— C'est étonnant ! s'exclame Elena.

Tout à coup, Tom s'aperçoit que la dent de Sepron le serpent de mer, elle aussi incrustée sur le bouclier, se met à vibrer. Sepron est retenu prisonnier par une des Bêtes maléfiques de Malvel !

— On doit aller délivrer Sepron ! lance le garçon.

— Consultons d'abord la carte que nous a donnée Malvel, propose Elena.

Tom sort la carte de son sac et suit du doigt une ligne verte qui traverse des champs et s'arrête devant l'Océan Noir : là, les deux compagnons voient un petit dessin de Sepron.

— Ce chemin n'a pas l'air dangereux, constate la

jeune fille, pleine d'espoir.
En route !

Tom range la carte et repart d'un pas décidé. Elena fait avancer Tempête, et Silver se met en marche à côté de sa maîtresse.

Mais le sentier les mène à des collines de plus en plus pentues et rocheuses.

— Je ne comprends pas, dit le garçon. La carte indique qu'on devrait traverser des champs. Tu crois qu'on s'est trompés de route ?

— Non, répond Elena. Je n'en ai pas vu d'autres.

Tom ressort alors le parchemin.

— Regarde, dit Elena, étonnée. Ces collines n'apparaissent pas sur la carte. Comment ça se fait ?

— Malvel ! Il a voulu nous piéger ! Heureusement, on a ça... déclare Tom en sortant de sa poche la boussole que lui a laissée son père, Taladon.

Il la tend devant eux. L'aiguille se met à osciller entre « *Danger* » et « *Destinée* », sans s'arrêter sur aucun des deux mots.

— Est-ce que ça veut dire qu'on va à la fois vers le danger et la destinée ? demande Elena.

— Oui, j'en suis sûr, dit Tom d'une voix déterminée. Continuons. Il faut absolument qu'on aide Sepron.

Chapître deux

Les sables mouvants

Le sentier est de plus en plus raide. Plus loin, il se faufile entre deux falaises. Tom fait avancer Tempête dans l'étroit passage et se retrouve devant une vaste plaine.

Le garçon s'immobilise. Grâce à sa vue perçante, il observe le paysage et aperçoit une ligne sombre à l'horizon.

— Je vois l'Océan Noir !
s'écrie-t-il. Finalement, on
a pris la bonne route.

Elena sourit, soulagée.

— Il faut qu'on se dépê-
che, dans ce cas. Sepron
doit être en danger.

Ils empruntent le chemin
qui descend vers la plaine.
Dès qu'ils arrivent sur le sol
plat, Elena encourage Tempête à trotter, puis à galoper.
Silver les suit, et grâce au
pouvoir des jambières do-
rées, Tom peut courir à
toute allure devant eux.

Mais, peu à peu, le garçon sent le sol devenir mou sous ses pieds. Pourtant, il continue... Tout à coup, ses bottes s'enfoncent !

— Attention ! hurle-t-il à son amie pour la prévenir. Il y a des sables mouvants !

Elena tire sur les rênes... trop tard ! Le cheval, emporté par son élan, ne peut pas s'arrêter. Il pousse un hennissement de terreur et commence à s'enfoncer. Par chance, Silver réussit à rester sur la terre ferme.

En se servant du pouvoir

des bottes magiques, Tom bondit au-dessus des sables mouvants. Au passage, il attrape son amie par l'épaule et la tire avec lui : ils atterrissent lourdement à côté du loup.

Mais Tempête est toujours prisonnier des sables : il s'enfonce de plus en plus.

— Reste ici avec Silver, ordonne Tom à Elena. Je vais sortir Tempête de là !

Le garçon regarde autour de lui. Soudain, il aperçoit une silhouette près d'un arbre : c'est Kerlo, le gardien des Portes de Gorgonia.

— On a besoin d'aide ! lui crie Tom.

Kerlo lève une main vers les branches de l'arbre avant de disparaître...

— Kerlo ! appelle le garçon, furieux. Revenez !

— J'ai compris ce qu'il a voulu te dire, explique

Elena. Va couper des branches avec ton épée : on les placera devant Tempête pour l'aider à remonter.

— Tu as raison. Merci, Elena ! lance Tom.

Son arme à la main, il court tailler quelques branches. Pendant ce temps, son amie attache une longue corde à l'une de ses flèches.

— À quoi ça va servir ? demande Tom.

— Tu vas voir.

Elena tire la flèche dans un arbre qui se trouve de l'autre côté des sables mouvants. Puis elle noue l'extrémité de la corde à un tronc d'arbre mort. Elle répète l'opération une seconde fois.

— Maintenant, marche le long de la corde, au-dessus de Tempête, et agrippe-toi à la seconde. Comme ça, tu pourras faire tomber les branches devant le cheval pour l'aider à avancer.

— C'est une idée de génie ! s'exclame Tom. J'ai vraiment de la chance d'avoir une amie aussi intelligente que toi !

— Dépêche-toi, dit Elena en rougissant.

Le garçon, les branches sous le bras, grimpe sur la corde tendue entre les deux arbres. Il fait un pas, perd l'équilibre… et se rattrape de justesse !

— Allez, Tom ! l'encourage la jeune fille. Tu vas y arriver !

Le garçon continue d'avancer. Il faut à tout prix sauver Tempête !

Chapitre trois

Sauvé !

Très concentré, Tom avance lentement sur la corde. Un moment plus tard, il arrive juste au-dessus de Tempête, qui se débat en vain.

— Ne t'inquiète pas, rassure-t-il son cheval en laissant tomber deux branches devant lui. Tu seras bientôt hors de danger.

La voix du garçon semble calmer Tempête, mais celui-ci refuse de bouger.

— Allez, l'encourage Tom, qui voit l'animal s'enfoncer de plus en plus.

Le cheval se contente de pousser un hennissement terrifié.

— Il a vraiment trop peur, marmonne le garçon. Il faut que je lui montre comment faire.

Avec prudence, Tom descend sur une des planches, qui flottent sur les sables mouvants. Tempête lève la

tête et, avec effort, pose ses pattes avant sur la première branche.

— Oui ! lance le garçon. Continue !

Il pose deux autres branches sur les sables, puis remonte sur la corde. Le cheval réussit à placer ses

pattes arrière sur les branches. Sous le poids de l'animal, celles-ci commencent
à s'enfoncer, mais Tempête
se dépêche d'avancer sur
les autres, qui flottent devant lui.

— Ça marche ! s'écrie
Tom.

Voyant qu'il n'y a pas assez
de branches, le garçon se
dépêche de rejoindre la rive
et lance son bouclier devant
son cheval : tout essoufflé,
celui-ci peut ainsi atteindre
la terre ferme !

Tom va chercher son bou-

clier avant qu'il ne soit en-
glouti dans les sables, puis
il passe ses bras autour du
cou de l'animal.

— Bravo ! le félicite-t-il.

Il cherche Elena et Silver
des yeux. Où sont-ils passés ?

Soudain, il aperçoit l'arc
et le carquois de la jeune

fille, posés dans l'herbe. La peur envahit Tom, car il sait qu'Elena ne se sépare jamais de son arme.

— Lâche ton épée et ton bouclier... Ou bien il arrivera malheur à ton amie ! ordonne tout à coup une voix menaçante.

Chapitre quatre

Capturée !

Tom, son épée à la main, est prêt à combattre. Un groupe d'hommes émerge d'un bosquet d'arbres. Leurs vêtements sont en lambeaux et ils sont armés de gourdins, de couteaux et d'épées.

Leur chef, qui brandit un long couteau, tient Elena par

les cheveux. Tom sent la colère monter en lui. Un autre homme a attaché une corde autour du cou de Silver. Le loup essaie de le mordre, mais l'homme le menace avec un bâton.

— Lâche tes armes ! répète le chef.

Lentement, Tom se baisse et pose son épée et son bouclier par terre.

— Qui êtes-vous ? demande-t-il. Et qu'est-ce que vous nous voulez ?

— Je m'appelle Jent, et je suis un célèbre bandit.

— Célèbre ? réplique Tom. Je n'ai jamais entendu parler de toi.

— Parce que tu ne vis pas à Gorgonia. Toi et tes amis, vous êtes des intrus. Et Malvel m'a promis mille pièces d'or pour votre capture. Regarde.

L'homme déplie un parchemin et le jette aux pieds de Tom.

Le garçon le ramasse et le lit :

« Je les veux vivants : ce sont des voleurs et des traîtres. Récompense pour leur capture : 1 000 pièces d'or. »

Au-dessous, il y a un dessin de son visage et de celui d'Elena.

Le garçon serre les poings : il est furieux.

— Tu ne devrais pas lui faire confiance, déclare-t-il.

— Jamais Malvel ne te paiera ! ajoute Elena.

Mais Jent sourit et ignore leurs remarques.

— Il faut qu'on aille en ville pour prévenir Malvel, dit-il à ses hommes. Emparez-vous du garçon. Mais surtout, ne le tuez pas.

Soudain, Silver se met à gronder et se libère de la corde. Il bondit sur Jent, mais celui-ci lui donne un violent coup de pied. Le loup tombe sur le sol, incapable de se relever.

— Silver ! s'écrie Elena.

Tom s'empare de son épée et fonce vers Jent, mais celui-ci court derrière les arbres en entraînant Elena avec lui. Elle essaie de se débattre, mais le bandit est trop fort pour elle.

Un instant plus tard, Tom voit le cheval de Jent s'enfuir au loin : il emporte Elena avec lui !

— À l'aide ! hurle la jeune fille. Tom !

« Ma mission attendra, pense le garçon. Je dois d'abord sauver mon amie ! »

Chapitre cinq

Dans les montagnes

Pendant ce temps, les hommes de Jent encerclent Tom.

— Lâche ton épée, mon garçon ! lui ordonne l'un d'eux.

— Jamais ! répond Tom sur un ton de défi.

Il observe ses ennemis : ils sont quinze environ, tous armés et très costauds.

« Ils vont voir que je suis plus fort qu'eux », pense le garçon.

Un premier homme s'avance en brandissant un gourdin. Tom se glisse sous son bras et lui frappe le dos avec le plat de sa lame : le bandit s'écroule sur le sol.

Tom se retourne pour affronter un autre attaquant : grâce au pouvoir que les gantelets magiques lui ont donné, il fait tournoyer son épée si vite que l'arme de l'homme est projetée dans les airs.

Le garçon évite deux autres ennemis qui se rentrent dedans et tombent par terre. Un autre bandit essaie de l'attaquer par l'arrière, mais Tom s'en débarrasse d'un coup de coude.

Malgré tout, deux hommes parviennent à le plaquer à terre.

— On l'a attrapé ! s'exclame l'un d'eux.

Mais Tom rassemble son courage et pense au plastron magique qui lui a donné une force surhumaine : il se redresse d'un bond et repousse ses attaquants, qui s'enfuient en poussant des cris de terreur.

Tous les autres sont assommés, étendus sur le sol.

Tom, soulagé, s'aperçoit que Silver s'est relevé.

— On doit aller sauver Elena, lui dit Tom.

Il court vers Tempête et

grimpe en selle. Avant de partir, il va libérer les chevaux des bandits, attachés à un arbre.

— Comme ça, ils ne pourront pas nous poursuivre ! déclare le garçon.

Puis il lance Tempête au galop, dans la direction que Jent a prise, tandis que Silver avance en bondissant à côté de lui.

La piste les éloigne de l'Océan Noir et les mène de nouveau vers les collines.

— Jent a dit qu'il allait en ville, murmure Tom. Si

seulement je savais où elle se trouve…

Il sait qu'il ne peut pas se fier à la carte de Malvel. Il n'y a qu'une seule chose à faire : suivre cette direction et rejoindre Elena le plus vite possible.

Bientôt, ils arrivent dans les montagnes : un sentier grimpe entre des roches noires. Soudain, Tom entend un bruit de sabots devant eux.

Il fait ralentir son cheval. Un moment plus tard, il aperçoit enfin Jent au loin.

Elena est couchée en travers de sa selle.

Au même moment, Jent jette un coup d'œil par-dessus son épaule et voit Tom qui le suit ! Le bandit oblige son cheval à accélérer et se dirige vers une gorge.

— Arrête-toi ! lui ordonne le garçon. Viens te battre !

Mais Jent ne l'écoute pas et il continue d'avancer.

Peu à peu, Tom réussit à réduire la distance qui le sépare de son ennemi. Quand, tout à coup, il le voit prendre son épée et s'en servir pour gratter la paroi rocheuse.

« Qu'est-ce qu'il fait ? » se demande le garçon.

Au même moment, il entend un grondement au-dessus de lui : il lève les yeux et comprend que Jent a provoqué un éboulement ! Des pierres se mettent à tomber à toute vitesse sur Tom, Tempête et Silver.

Le garçon entraîne son cheval un peu plus loin, tandis qu'une roche énorme s'écrase juste derrière eux ! Tom part au galop et réussit à éviter d'autres rochers, pendant que Silver court à côté de lui.

Quand l'éboulement s'arrête, le garçon regarde autour de lui : Jent et Elena ont disparu !

Devant lui, il aperçoit plusieurs sentiers... Lequel faut-il suivre ?

Chapitre six
Silver à la rescousse

oudain, Silver se précipite vers un des sentiers et renifle le sol. Puis il se retourne vers Tom en poussant un jappement excité.

— Bravo, Silver ! le félicite Tom. Tu as retrouvé la piste d'Elena !

Le garçon suit le loup sur le

sentier escarpé. Très vite, ils quittent les montagnes et se retrouvent sur une vaste étendue déserte.

Silver conduit Tom au sommet d'une colline. Au-dessous d'eux, le garçon aperçoit des maisons.

— C'est sûrement la ville, murmure-t-il. Allons-y !

Une fois en bas, Tom descend de son cheval et avance entre ses deux compagnons. Les gens qu'il croise lui lancent des regards curieux, mais personne ne lui adresse la parole.

Sur la place de la ville, une foule est rassemblée autour d'une estrade. Tom retient un cri de colère : Elena a les mains et la tête enfermées entre deux planches de bois. Près d'elle, il y a une autre prisonnière : une jeune fille aux longs cheveux roux.

La foule se moque d'elles et quelques personnes leur lancent des pierres.

Le poil hérissé, Silver se met à grogner. Tom s'accroupit près de lui et lui caresse la tête.

— Vas-y, mon grand ! l'encourage-t-il. Va chercher Elena !

Aussitôt, le loup bondit à travers la foule en poussant un hurlement féroce. Les gens se bousculent pour s'écarter de son passage.

Tom se met à courir derrière Silver et saute sur l'estrade pour délivrer Elena.

— Pourquoi as-tu été si long ? murmure-t-elle en souriant faiblement.

— Il a fallu que je me débarrasse des hommes de Jent, explique son ami. Maintenant, je dois te sortir de là.

Il examine les serrures de fer qui retiennent les planches en place.

— Jent m'a dit qu'elles étaient ensorcelées, répond Elena. Seul Malvel peut les ouvrir.

Mais Tom s'empare de

son épée et frappe plusieurs fois sur les serrures, qui se brisent ! Il soulève la planche : Elena est enfin libre !

— Il faut aussi libérer Odora, dit-elle en indiquant la jeune prisonnière qui se tient toujours à côté d'elle.

Son visage est couvert de blessures et elle a l'air épuisée. Mais ses yeux brillent, pleins de détermination.

Tom répète l'opération.

— Merci, lui dit Odora.

Pendant ce temps, Silver continue de gronder en direction de la foule.

— On va courir jusqu'à Tempête, déclare Tom en aidant les deux jeunes filles à descendre de l'estrade. Vite !

Une fois devant le cheval, le garçon fait grimper en selle Odora et Elena. Silver les rejoint.

— Arrêtez ! se mettent à crier les gens.

— Attrapons-les ! lancent d'autres voix furieuses.

Tom aperçoit Jent dans la foule : il a l'air très en colère et il se précipite soudain vers eux.

« Il faut absolument qu'on quitte cet endroit, pense Tom. Si ces gens nous capturent, tout sera perdu ! »

Chapitre sept

Des nouvelles de Narga

—Par ici ! s'écrie Odora en leur indiquant une petite rue. Comme ça, on sortira plus vite de la ville et on pourra se cacher dans les bois.

Grâce à la rapidité que lui a donnée l'armure magique, Tom conduit Tempête dans la ruelle, qui la remonte au galop.

Les cris de la foule s'éva-
nouissent peu à peu.

— Jent n'aura jamais ses
mille pièces d'or ! s'exclame Elena en riant. Quel
dommage !

Bientôt, ils prennent un
sentier qui mène à une colline
et s'enfonce dans les bois.

Tom et ses compagnons
s'arrêtent dans une clairière.
Il aide Elena et Odora à descendre de cheval.

— Vous devriez vous re-
poser, déclare-t-il. Pendant
ce temps, je vais voir si nos
poursuivants sont encore là.

En se servant du pouvoir des bottes magiques, le gar-çon saute en haut d'un arbre, d'où il peut observer la ville.

— On dirait que personne ne nous a suivis ! annonce-t-il, avant de regarder dans l'autre direction.

Il reprend espoir en voyant l'Océan Noir à l'horizon. Il redescend de l'arbre.

— On est encore loin, dit-il à Elena. Mais si on part maintenant, on devrait atteindre l'Océan Noir avant la nuit.

— Non ! Cet endroit est maléfique ! s'exclame soudain Odora. Il ne faut surtout pas s'en approcher !

— Pourquoi ? demande Elena.

— Une Bête horrible a dévoré mon frère et a bien failli me tuer.

— Raconte-nous tout ce

que tu sais, lui dit Tom. C'est important. On est là pour vaincre la Bête qui vit dans l'océan.

— Mon frère Dako et moi, on apportait des armes aux rebelles en lutte contre Malvel. Mais notre navire a été attaqué par ce monstre. Il a emporté mon frère et j'ai chaviré. Par chance, je me suis échouée sur la plage, où les bandits m'ont capturée.

— À quoi ressemble cette Bête ? l'interroge Elena.

— Elle a un corps énorme et six têtes de serpents marins, explique Odora. Les hommes de Malvel ont dit qu'elle s'appelait Narga. Elle est tellement puissante… N'y allez surtout pas !

— Pourtant il le faut, déclare Tom.

—Je comprends. Les rebelles ont un autre bateau que vous pouvez utiliser. Il est caché dans une baie, tout près d'un rocher noir en forme d'épée, précise Odora.

— Merci pour ton aide, lui dit Elena.

— Non, c'est moi qui vous remercie de m'avoir sauvé la

vie ! s'écrie la jeune fille.

— Où vas-tu te cacher ?

— Il y a un campement rebelle à quelques kilomètres d'ici, répond Odora. J'y serai en sécurité. Quand vous aurez réussi votre mission, venez me rejoindre. Vous serez les bienvenus.

— Tiens, dit Tom en sortant sa carte, montre-moi où c'est.

— Ici, indique-t-elle en souriant. Pas loin de la côte.

Elle se lève et, après leur avoir dit au revoir, s'éloigne dans la forêt.

— Tu te sens prête à affronter une autre Bête ? demande Tom à son amie.

— Je suis toujours prête ! répond Elena avec courage.

Chapitre huit

L'Océan Noir

Tom et Elena contemplent l'océan. Des vagues sombres se brisent sur la plage de sable noir. Ils n'ont jamais vu un endroit aussi désolé.

— Tu vois quelque chose ? l'interroge Elena.

— Non, pas de Bête en vue, réplique le garçon, inquiet.

Pourvu qu'ils ne soient pas arrivés trop tard pour sauver Sepron, le serpent de mer.

— Ce serait trop dange-reux de plonger dans cette eau noire, ajoute-t-il.

— Dans ce cas, allons chercher le bateau des re-belles, propose son amie.

— Oui, bonne idée.

Tom, Elena, Tempête et Silver longent la plage en direction du nord. Le loup court dans tous les sens en poussant des gémissements inquiets.

Ils arrivent bientôt dans une baie rocheuse.

— On dirait l'endroit dont Odora nous a parlé, dit Elena en désignant un rocher taillé comme une épée.

Tom et Elena laissent Tempête et Silver sur la plage et se mettent à marcher dans l'eau, entre les rochers. Très vite, Tom aperçoit une forme qui flotte à la surface, couverte d'algues séchées.

— Le voilà ! s'exclame-t-il soudain.

Avec l'aide de la jeune fille, il enlève les algues et les jette dans la mer.

— Regarde, on ne peut pas s'en servir, constate Tom, déçu. Le mât est cassé.

— Mais non, ne t'inquiète pas, répond Elena en souriant. Les rebelles l'ont simplement démonté pour mieux cacher le bateau.

Elle montre à son ami comment attacher le mât au centre de l'embarcation, puis elle vérifie les rames et la voile.

Quand tout est prêt, Tom retourne voir Tempête et Silver. Il les conduit alors vers des arbres, au-dessus des rochers.

— Vous serez en sécurité ici, dit-il aux animaux.

Puis il rejoint Elena et tous les deux montent à bord. La jeune fille prend la barre et dirige le bateau

73

vers le large, pendant que le garçon tire sur les cordages et hisse la voile.

Tom frissonne à la vue d'un étrange dauphin : sa peau est noire et sa gueule pleine de dents pointues.

— J'ai l'impression que cet océan est aussi maléfique que le reste du royaume de Gorgonia.

— Oui, je suis d'accord, acquiesce Elena.

Au bout d'un moment, le garçon aperçoit quelque chose qui brille à la surface de l'eau.

— Regarde ! s'écrie-t-il.

Elena tourne la barre et suit la direction que lui indique Tom. En s'approchant, le garçon réalise qu'il s'agit de Sepron !

Le serpent de mer est immobile et ses yeux sont fermés.

— On dirait qu'il est mort ! s'exclame la jeune fille. Sepron, réveille-toi ! Tom, est-ce que tu...

Tout à coup, elle s'interrompt : une ombre immense se dresse au-dessus d'eux, cachant le soleil rouge.

Tom se retourne aussitôt et voit six têtes de serpent qui sortent de l'eau.

— Narga ! hurle Elena.

Chapitre neuf

La fureur de Narga

om dégaine son épée et bondit en haut du mât grâce au pouvoir des bottes magiques.

— Je vais venger Sepron... ou le sauver s'il est encore vivant ! lance-t-il en essayant de frapper Narga.

Les têtes de la Bête évitent le coup et foncent sur le garçon en claquant des mâchoires.

Tom frappe encore une fois, mais le monstre est trop rapide. Une des têtes le repousse : le garçon dégringole du mât et tombe près de son amie. Heureusement, il n'est pas blessé.

Pendant ce temps, Elena se prépare à tirer des flèches sur Narga.

Tom se retourne pour affronter de nouveau la Bête. Les six têtes poussent

des rugissements de rage
effrayants et se dressent
au-dessus de l'océan : le
corps du monstre émerge
peu à peu de l'eau.

— Qu'est-ce qu'on va
faire ? demande Elena en
tremblant.

— Ce qu'on a l'habitude

de faire ! répond son ami. Combattre !

Il bondit dans les airs par-dessus les têtes de serpent et atterrit sur le dos de Narga ! Il transperce le corps du monstre avec son épée, pendant qu'Elena lance ses flèches.

La Bête enragée hurle en agitant son corps dans tous les sens pour essayer de se débarrasser de Tom. Soudain, Narga s'arrête de bouger...

Le garçon saute dans le bateau.

— Tu as réussi ! s'exclame Elena. Tu as...

Mais au même moment, les cous du monstre se mettent à se tortiller et ses têtes poussent un autre rugissement !

Tom lève son bouclier devant lui, prêt à se défendre. Du coin de l'œil, il aperçoit soudain un mouvement dans l'eau noire.

— C'est Sepron ! s'écrie Elena. Je crois qu'il est encore vivant !

Le serpent de mer s'étire, avant de nager vers eux. Il

se place entre Narga et le bateau.

La Bête maléfique de Malvel recule un peu, puis ses six têtes se jettent sur Sepron pour le mordre. Le serpent de mer laisse échapper un cri de douleur.

— Sepron ! l'appelle Elena, désespérée.

Chapitre dix

Le tourbillon

— Je ne laisserai pas Sepron mourir sans rien faire ! s'exclame Tom.

— Dans ce cas, il nous faut un nouveau plan... et vite ! répond Elena.

Le garçon regarde autour de lui. Au fond du bateau, il aperçoit une corde. Il s'en empare.

— Attache-la à une de tes flèches, dit-il à son amie.

Elena ne comprend pas, mais elle obéit aussitôt sans hésiter.

— Quand je te ferai signe, tire-la, ajoute Tom. Et vise derrière Narga.

À présent, Sepron est presque immobile à la surface de l'eau. Les six têtes de Narga se dressent au-dessus de lui et poussent un rugissement de triomphe.

— Maintenant ! hurle Tom.

Dès qu'Elena tire sa flèche,

le garçon bondit dans les airs derrière elle : il l'attrape et la dirige autour des cous de Narga. Puis, en prenant appui sur le dos de la Bête, il saute à nouveau pour atterrir sur le bateau.

Les six têtes de Narga sont prises au piège !

— Bravo, Tom ! s'écrie Elena avec admiration.

Le garçon tire la corde aussi fort qu'il peut pour serrer les cous de la Bête. Celle-ci essaie de se débattre en sifflant de rage, mais elle n'arrive pas à s'échapper. Tom passe ensuite la corde à son amie, se retourne vers Narga et fait tournoyer son épée : il la lance vers la Bête et la lame tranche les six têtes d'un seul coup !

Elles s'enfoncent sous l'eau, tandis que le corps de Narga se met à fondre sous les yeux de Tom et d'Elena.

La jeune fille pousse un soupir de soulagement.

— Tu as réussi !

— Non, *on* a réussi, rectifie Tom.

L'endroit où le corps de Narga a disparu se met soudain à bouillonner, puis à tourbillonner. Tout au fond, le garçon aperçoit une eau verte, une belle plage ensoleillée et des collines.

— C'est un portail vers Avantia, murmure-t-il.

Il se retourne vers Sepron : le serpent de mer a l'air épuisé. Tom touche le rubis incrusté dans sa ceinture pour envoyer un message à la Bête. *« Viens, Sepron ! Tu vas pouvoir rentrer chez toi. »*

Le serpent de mer nage lentement vers le tourbillon. Il
lève la tête, regarde gentiment
Tom et Elena, et plonge dans
les eaux vertes.

Puis le tourbillon ralentit
et le portail se referme.

— J'aimerais tant revenir
à Avantia, murmure le garçon. Mais on a une quête à
poursuivre !

— Oui, répond la jeune
fille d'une voix déterminée.
Retournons vers le rivage.

Au même moment, Tom
voit une des dents de Narga qui flotte sur l'eau : une

pierre jaune y est incrustée.
Le garçon la repêche, prend
le bijou et le place dans une
des encoches de sa ceinture
magique.

— Quel est son pouvoir ?
demande Elena.

— Je ne sais pas encore...
réplique Tom.

Tout à coup, des images de la bataille contre Narga lui reviennent en mémoire.

— Hé ! s'exclame-t-il. Je me souviens de notre combat dans le moindre détail ! Je crois que cette pierre jaune va me donner une excellente mémoire.

En souriant, Elena dirige le bateau vers la plage. Mais un peu plus loin, une lumière bleue apparaît soudain devant eux. Au centre, ils distinguent un visage qu'ils connaissent très bien.

— C'est Aduro ! lance la jeune fille.

— Félicitations ! leur dit le bon sorcier. Vous êtes tous les deux de vrais héros !

— Quelle est la prochaine Bête à combattre ? demande Elena.

— Elle s'appelle Kaymon, et il va vous falloir beaucoup de courage et de prudence...

Tom a envie de lui poser des questions, mais le visage d'Aduro disparaît déjà...

— Attendez ! s'écrie en vain le garçon.

Il est épuisé, mais bien décidé à vaincre les autres Bêtes maléfiques de Malvel, et à sauver celles d'Avantia !

Fin

Plonge-toi dans les aventures de Tom à Avantia !

LE DRAGON DE FEU

LE SERPENT DE MER

LE GÉANT DES MONTAGNES

L'HOMME-CHEVAL

LE MONSTRE DES NEIGES

L'OISEAU-FLAMME

LES DRAGONS JUMEAUX

LES DRAGONS ENNEMIS

LE MONSTRE MARIN

LE SINGE GÉANT

L'ENSORCELEUSE

L'HOMME-SERPENT

LE MAÎTRE DES ARAIGNÉES

LE LION À TROIS TÊTES

L'HOMME-TAUREAU

LE CHEVAL AILÉ

Tom et Elena ont vaincu Narga, le serpent marin, l'une des Bêtes maléfiques créées par Malvel. Le garçon possède désormais de nombreux pouvoirs. Mais leur quête est loin d'être achevée et la prochaine mission s'annonce encore plus dangereuse que les précédentes...

Découvre la suite des aventures de Tom dans le tome 18 de **Beast Quest** :

LE CHIEN DES TÉNÈBRES

Le royaume d'Avantia
est en danger !

Suis les aventures de Yann et des Bêtes
aux pouvoirs extraordinaires dans :

JUIN

AOÛT

OCTOBRE

DÉCEMBRE

Table

Imprimé en France par Jean-Lamour - Groupe Qualibris
Dépôt légal : novembre 2011
20.07.2444.6/01–ISBN : 978-2-01-202444-1
Loi n° 49956 du 16 juillet 1949
sur les publications destinées à la jeunesse